LE SAC VERT,

POT-POURRI.

Quoi! l'plus grand de nos Rois
Coëffé comme un bourgeois!

LE SAC VERT,

POT-POURRI,

OU

RÉCIT VÉRIDIQUE DU PROCÈS DE LA REINE D'ANGLETERRE.

PAR EUSTACHE LASTICOT,

Pêcheux de la Guernouillière, auteur des Pensées Morales sur les inconvéniens du mariage.

PARIS.

BARBA, Libraire, palais Royal, derrière le théâtre, n°. 51,

PONTHIEU, Libraire, galeries de Bois.

DE L'IMPRIMERIE D'ÉVERAT, RUE DU CADRAN, N° 16

1820.

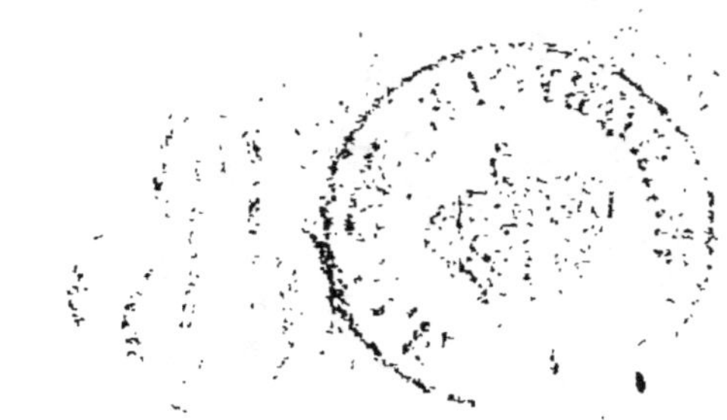

LE SAC VERT,

POT-POURRI,

OU

RÉCIT VÉRIDIQUE DU PROCÈS DE LA REINE D'ANGLETERRE.

—————◆—————

Air : *Voulez-vous savoir l'histoire.*

Voulez-vous savoir l'histoire
De c'fameux sac verd ?
L'affaire à c't'heure est notoire,
Le sac z'est ouvert.
Un prince a dit : Point de grâce,
On m'a fait cocu ;
J'veux, pour l'honneur de ma race,
En êtr' convaincu.

Air : *Vaudeville d'Angélique et Melcour.*

Sire, les plaintes sont d'un sot,
Dit l'Chancelier que rien n'afflige ;
Si ce malheur fût v'nu plutôt,
Il eût pu sauver votre tige.

C'que vous m'apprenez m'est bien doux ;
Sur ma têt' vous versez un baume :
V'là que je n'suis plus, grâce à vous,
L'premier cocu du royaume.

AIR : *Décacheter sur ma porte.*

SI j'ai des corn', peu m'importe,
J'veux, dit le Roi qui s'emporte,
Prouver au monde entier
Que, le premier
Comme le dernier,
A son tour chacun en porte. (*bis.*)

AIR : *Par la p'tit' poste de Paris.*

OUI, goddam ! j'veux qu'en tout pays
On apprenne par qui je l'suis ;
J'veux qu'chacun sache pourquoi, comment,
Et jusqu'au plus p'tit évén'ment,
Afin d'prouver qu'la femm' du Roi
N'est pas inviolable comm' moi.

AIR : *En avant, Fanfan la Tulipe.*

ÇA dit, après une orgie,
Ivre de punch et d'tabac,

A propos de liturgie,
Il parle *ab hoc et ab hac*;
Et puis devant les gros bonnets de l'ordre,
Sa Majesté défile son chap'let.
Chacun dit : Qu'c'est laid!
Ma foi ! vous êt's fait.
Ah! quel trait!
Quel forfait!
Donnez l'ordre,
Qu'sans micmac,
On jug' l'adultère ;
Et cric crac,
L'affaire
Est dans l'sac.

AIR : *Colimaçon borgne,*
Montre-moi tes cornes.

ÇA passe les bornes;
Montrez-nous vos cornes,
Dit l'lord Chancelier taré;
Je vous croirai
Quand j'les verrai.

(*Sa Majesté se découvre.*)

AIR : *O ciel! est-il possible!* (de Félix.)

O ciel! est-il possible!
Princ' trop sensible.

LE SAC VERT.

Good god! qu'est-c'que je vois ?
Quel bois touffu! quel bois!!
Quoi ! l'plus grand de nos rois,
Coiffé comme un bourgeois!

Justice, justice, justice!
Périsse, périsse, périsse
Tout époux qui donne, en ingrat,
L'premier coup d'canif au contrat.

Un instant, v'là qui m'défrise,
Dit l'bonhomme qu'ça dégrise,
J'vous avoue avec franchise
Qu'j'ai bamboché comme un roi;
Au supplic' s'il faut qu'on traîne,
L'premier qui fit un' fredaine,
Au lieu d'occire la Reine,
Faudra commencer par moi.

J'préfèr', Messieux, j'préfer' qu'un bon divorce
De ma moitié m'sépare pour toujours;

Puis à notre aise, avec un' nouvell' force,
J'suivrons tous deux nos vieux amours :
Un tel parti me paraît des plus sages ;
Il servira d'exemple à mes sujets :
N'vaut-il pas mieux faire deux bons ménages
Que d'en faire un mauvais.

AIR : *Eh ! ma mère, est-c'que j'sais ça ?*

A l'instant, par un message,
A sa femme on fait savoir
Qu'ell' peut r'prendre son voyage,
Qu'il ne veut plus rien y voir ;
Et de peur qu'on ne revienne
Sur le scandal' d'aujourd'hui,
L'Roi lui permet d'être Reine
Partout ailleurs que chez lui.

AIR *du Ballet des Pierrots.*

Non, dit la Rein', j'fus à la noce ;
J'veux que mon front soit couronné ;
Je ne donne pas dans la bosse ;
Vous aurez tous un pied de né.
Georges Dandin, j'sais bien qu'ça t'vexe,
Mais j'prouvrai que j'ai d'la vertu ;
Je veng'rai l'honneur de mon sexe,
Et tu n'en s'ras pas moins cocu.

Air : *Dés Fraises.*

DE plus, en dépit des rois,
Dont le pouvoir m'assomme,
En m'appuyant sur les lois,
J'pouv'rai qu'j'ai connu les droits
De l'homme. (*ter.*)

Air : *Pomm' de reinette, etc,*

DUT-IL m'en coûter cent écus,
Dit l'Roi, qu'alors rien n'arrête,
Dût-il m'en coûter cent écus,
J'veux qu'on m'mette
Au nombre des cocus.

Oui, de la terre,
Qu'des quatre coins,
De bons témoins,
S'rendent en Angleterre ;
Que l'adultère
Soit prononcé,
Ou l'ministère
Est à l'instant cassé,
Lords vieux et laids,
Sans nuls délais,
Qu'dans vot' palais

S'assemble
Qui me r'semble;
Et d'mon côté,
Tout bien compté,
J'aurai z'y m'semble
Un' grand' majorité.

Dût-il m'en coûter cent écus,
Dit l'Roi qu'alors rien n'arrête,
Dût-il m'en coûter cent écus,
Je veux qu'on m'mette
Au nombre des cocus.

AIR : *Gn'y a que Paris,*

Vous l'voulez, il vous en cuira,
Dit l'lord Chancelier, des plus mornes;
On en croira ce qu'on voudra,
Aux chambres j'vais montrer des cornes;
Mais, sire, j'vous le dis tout net,
Faut que j'prenn' ça sous mon bonnet. (*bis.*)

AIR : *V'là c'que c'est qu'd'aller au bois.*

V'LA c'que c'est que d'êtr' chancelier,
Reprend l'Roi, tu vas publier
Que j'suis cocu sur mer, sur terre

Et si l'Angleterre
Prend mal cette affaire,)
Tu s'ras pendu tout le premier:
V'là c'que c'est que d'êtr' chancelier.

AIR : *Ça n'devait pas finir comme ça.*

Ça pourrait bien finir par là
Puisque ça commence comm'ça! (*bis.*)

Dans chaqu' carr'four on entend dire :
Faut qu'not' souv'rain soit en délire ;
Je n'doutons plus, d'après c'tour-là,
Qu'i' n'soit l'vrai fils de son papa.
     Pour un roi (*ter.*) qu'c'est bête
     D'perdre ainsi la tête !

Faut qu'les cocus soient bien heureux
Puisque l'Roi veut l'être comme eux.

AIR : *Cocu, cocu.*

     Soyez cocu mon Prince,
     Cocu dans la province,
     Cocu dans la cité,
     Cocu de tout côté.

     Dès que l'on voit paraître
     Ce grand Roi, ce bon maître,

Chacun à son aspect
Entonne avec respect :

Cocu, cocu mon Prince,
Cocu dans la province,
Cocu dans la cité,
Cocu de tout côté.

RÉFLEXIONS D'EUSTACHE

SUR LES ÉVÉNEMENS DONT IL VIENT DE RENDRE COMPTE.

AIR : *Trouverez-vous un parlement.*

Je n'sais trop si c'grand potentat
Est ou n'est pas ce qu'il dit être ;
Je n'sais trop s'il est en état
De bien juger ce qu'il peut être ;
Mais s'il est véritablement
Ce qu'en conscience il croit être,
Trouvera-t-il un parlement
Qui puisse l'empêcher de l'être.

AIR : *Dorilas.*

Jarni ! je n'suis qu'un pauvre sire,
J'n'ai pour tout bien que mon bachot ;

Mais si ma femme voulait rire,
J'me gard'rais bien d'en sonner mot.
A soi-même c'est s'fair' la guerre;
Faut-il qu'un Roi s'mette si bas ?.....
C'est un cocu comme on n'en voit guère;
C'est un cocu comme on n'en voit pas.

Le deuxième Numéro paraîtra sous peu de jours.

PENSÉES MORALES

SUR LES INCONVÉNIENS DU MARIAGE.

———

AIR : Ton humeur est Catherine.

Comm' pêcheux d'la Guernouillière,
Moi qui sais l'fin du métier,
L'mariag' me semble un' rivière,
Où c'que j'craignons de m'noyer :
D'prudence en vain on redouble,
Drès qu'on y jett' l'hameçon ;
Z'un chacun pêch' dans c't'eau trouble
Plus d'fretin que d'bon poisson.

Z'en dépit de la consigne
Et du garde marinier,
Suis-j' malheureux à la ligne,
J'donnons un coup d'épervier ;
Mais drès qu'on s'met en ménage
Le guignon vous suit partout :
Gn'y a de r'ssourc' dans l'mariage
Que les filets... de Saint-Cloud.

N'est-il pas vrai qu'chaque fille
Vous a l'z'allur's d'un poisson ?

L'un' fretill' comme une anguille,
L'autr' rougit comme un saumon ;
C't'ell'-ci , comme un' carpe, s'pâme ;
Comme un brochet, c't'aut' gob' tout ;
Si bien que s'choisir un' femme
C'n'est qu'faire un' pêche à son goût.

Quand le poisson que j'amorce
N'me paraît ni bon ni beau ,
Sans procès et sans divorce
J'le r'jetons bien vite à l'eau.
C'que l'hymen prend dans sa nasse ,
Qu'on l'trouve mauvais ou bon ,
Quoi qu'on dise ou quoi qu'on fasse ,
Il faut avaler l'goujon.

Quand je m'connaîtrai z'en f'melle
Comme en poisson je m'connais ,
Pour la pêch' d'un' demoiselle
Mes outils s'ront bientôt prêts ;
Mais d'amorcer un' fillette ,
J'somm' zencor tout effrayé :
J'craignons d'prendr' pour un' carpette
Un poisson qu'ait d'jà frayé.

Et puis quand un' fille sage
Tomberait dans mes filets,
L'plaisant vivier que l'mariage ,
Pour garder d'pareils objets ,

Faut z'un' sourc' vive et courante,
Pour mieux les affrioler :
L'hymen n'a qu'une eau dormante
Que chacun aime à troubler.

FIN.

PENSÉES MORALES

Tant s'en [illegible]
Pour [illegible] les [illegible]
[illegible]
Que chacun [illegible]